Les Grands Livres

EGLAL ERRERA

L'OMBRE DU PALMIER

et autres histoires de Goha en Égypte

Illustrations de
SÉBASTIEN MOURRAIN

ACTES SUD JUNIOR

UN HOMME AU CŒUR SIMPLE

Plusieurs auteurs arabes classiques signalent la présence à Bassorah, en Irak, vers le milieu du VIIIe siècle, d'un nommé Dujayn ibn Thâbit, plus connu sous le sobriquet de Juhâ (Goha). C'était un homme au cœur simple et aux mœurs douces, qui appartenait à la tribu des Fazâra, fréquentait les cercles dévots et possédait un petit bagage littéraire. Ce qui n'empêchait pas ses voisins de le taquiner, ni les joyeux lurons de la ville de se gausser de sa naïveté en racontant à son propos toutes sortes d'histoires drôles. Certaines vantaient par dérision la ruse de Juhâ et son esprit de repartie, d'autres raillaient sa candeur, voire sa sottise. Si bien que le brave homme, peu après sa mort, devint un personnage littéraire assez ambigu mais universel : un fou qui dit la vérité. Au Xe siècle, un ouvrage lui sera consacré et l'on mettra désormais sur son compte aussi bien des facéties nouvellement forgées que des propos attribués naguère à d'autres personnages comiques.

Or les histoires drôles, comme on peut le vérifier de nos jours, ne cessent de voyager. Ce faisant, elles gardent la même trame mais les protagonistes changent de nom, de langue et de nationalité. Ainsi, après leur passage en Turquie, celles dont Juhâ était le héros seront prêtées avec tant d'autres à un Anatolien, Nasr Eddin Hodja. Celui-ci aurait vécu plus de cent cinquante ans, entre le XIIIe siècle et le XVe siècle, puisqu'on raconte qu'il a connu et Gengis Khân et Tamerlan. Et le plus amusant, c'est qu'au XIXe siècle, lorsque les Arabes ont découvert Nasr Eddin, ils n'ont pas hésité à l'appeler Juhâ. Et ils ont traduit du turc des anecdotes que les Turcs, quelques siècles auparavant, avaient traduites de l'arabe !

Depuis lors, les éditions des *Anecdotes de Juhâ* (ou de Goha ou de J'ha) se sont succédé, regroupant parfois jusqu'à quatre cents historiettes. Mais un tel personnage, on l'aura deviné, n'a jamais dit son dernier mot. Le présent ouvrage le fait ressusciter en Égypte où il a déjà séjourné, comme partout, après avoir quitté son Irak natal. Le lecteur constatera qu'il s'y trouve tout à fait à l'aise, tant sa bonhomie et son humour l'apparentent à la population.

Farouk Mardam-Bey
Directeur des collections
Sindbad / Actes Sud

On n'en finit pas de parler de lui. Sur les places publiques, dans les jardins à l'ombre des flamboyants et des baobabs, et les soirs d'hiver, autour du kanoun aux braises incandescentes, petits et grands retracent par le menu les péripéties de son extraordinaire existence.
De génération en génération, on relate ses faits et gestes, on se rappelle ses traits d'esprit et ses comportements toujours surprenants. Car cet homme n'agissait jamais comme les autres et se trouvait toujours là où on ne l'attendait pas, parcourant l'Arabie tel un feu follet, aussitôt arrivé, aussitôt disparu, soupant chez les rois, dormant avec les miséreux. Il savait comme personne se sortir de situations difficiles et résoudre les énigmes les plus compliquées. C'était un homme malin et plein de ruses, un fou, disent les uns. C'était un naïf au cœur pur, un doux rêveur, disent les autres. C'était un sage, affirment d'autres encore.
On l'appelle Nasr Eddin Hodja chez les Turcs, G'ha au Maroc et dans les pays voisins, Goha en Égypte. Ici, nous l'appellerons Goha, parce que l'Égypte nous est chère et que c'est là, dit-on, qu'il a connu ses plus incroyables aventures.

1

L'OMBRE DU PALMIER

Venant de Bagdad, Goha était depuis peu en terre égyptienne ; il se trouvait encore à quelques jours de marche de El Kahera, la capitale aux mille minarets. C'était l'été ; autour de lui, le désert s'étendait, sec et brûlant : une vraie fournaise. À quelques centaines de mètres, il avisa des maisons en terre regroupées autour d'une palmeraie. Il songea :

« J'y trouverai sûrement de quoi étancher ma soif, et aussi quelques dattes bien mûres tombées de l'arbre qui suffiront à mon déjeuner. »

Il rassembla ses dernières forces, car il était épuisé par plusieurs jours de marche sous une chaleur torride, et il se dirigea vers l'oasis. La palmeraie était accueillante. Goha put effectivement y boire de grandes lampées d'eau fraîche et déguster une poignée de dattes aussi douces que le miel.

Il s'affala ensuite contre un arbre, la fatigue le terrassa et il s'endormit comme un enfant.

À peine le sommeil l'avait-il pris que Goha fut brutalement réveillé par deux énormes mains qui l'empoignaient et l'arrachaient du sol. Il entendit au-dessus de lui un grognement effrayant de bête féroce. Puis les mains le lâchèrent et il retomba lourdement par terre.

– Misérable ! Qui donc t'a autorisé à t'installer à l'ombre de mon ombre ? hurlait un terrible colosse. Canaille ! Usurpateur ! Voilà une faute impardonnable, un crime dont tu répondras de ta vie.

Goha était interloqué : quel crime avait-il bien pu commettre ? L'ombre des palmiers n'appartient-elle pas à tout le monde ? Il en avait la parole coupée et regardait, bouche bée, le colosse défiguré par la rage et la colère. Celui-ci poursuivit :
– Si tu es un homme d'honneur, ô étranger, et si tu n'es pas un poltron, viens ici même au coucher du soleil te mesurer à moi en un duel au sabre et laver l'injure insigne que tu viens de me faire. Et que le meilleur gagne, ajouta le colosse en éclatant d'un rire méprisant. Et il s'en alla.

Il faut dire que Goha n'était pas ce qu'on appelle un athlète. Il était plutôt petit, mince et gracile, même s'il se dégageait de lui une certaine énergie.
– Ce combat est un suicide, murmurait autour de lui une foule consternée qui était accourue aux cris du colosse.
Et de fait, la lutte était inégale : Goha n'avait aucune chance de sortir vivant du duel. On lui expliqua que le géant à la voix tonitruante s'appelait Hassan Hassanein et qu'il était le chef de l'oasis ; il y régnait en maître absolu. Le palmier sous lequel Goha s'était endormi était la place habituelle où Hassan aimait faire la sieste. Cette place lui était réservée et personne ne s'aventurait à l'occuper, ne serait-ce qu'un court instant.
– Hassan est colérique et emporté, mais ce n'est pas un méchant homme, disait-on de toutes parts. Va te jeter à ses pieds et implorer sa grâce, il est certain qu'il te pardonnera, le duel n'aura pas lieu et tu resteras en vie.

Goha refusa tout net. Il tenait à sa dignité et il déclara haut et fort qu'il ne s'abaisserait pas à demander pardon pour une faute qu'il n'avait pas commise.

Autour de lui, on insista, on le supplia pour sa sauvegarde personnelle de renoncer à ce duel. Personne n'égalait Hassan Hassanein dans l'art du maniement du sabre, pas même les grands guerriers de El Kahera, pas même les membres de la garde rapprochée du calife, à Bagdad.

Goha refusa encore. C'était un obstiné ; c'était là un trait de son caractère sur lequel tout le monde s'accordait.

– Tu es entêté comme une mule, lui dirent, agacés, les habitants de l'oasis. Et cela va te coûter la vie.

– *Mektoub !* C'est écrit, répliqua Goha avec philosophie.

Il est inutile de s'opposer au destin, il vous rattrape toujours.

La journée passa et, à l'étonnement de tous, Goha se montra particulièrement calme et serein.

Il mangea frugalement, but du thé vert et de l'eau fraîche et prit quelque repos chez le forgeron de l'oasis.

– Au moins, sais-tu te battre ? lui demanda-t-il.

– Non, répondit Goha, je n'ai jamais tenu un sabre de ma vie.

– Cet homme est fou ! murmura, consterné, le forgeron. Ou bien il ne tient pas à la vie et désire en finir ce soir même.

Une heure avant le coucher du soleil, Goha demanda à son hôte de lui prêter un sabre et de lui montrer les gestes du salut qui précède le combat.

Il regarda avec attention le forgeron exécuter le court ballet rituel auquel les guerriers doivent se livrer avant de s'affronter, car le duel au sabre est un art noble avec ses codes et ses lois. Puis on vit Goha se retirer derrière un groupe de palmiers, poser le sabre à côté de lui et rester ainsi à fixer la ligne d'horizon du désert, jusqu'à ce que le soleil disparaisse derrière les dunes.

À l'heure dite, très précisément, Goha était au rendez-vous sous le palmier de Hassan Hassanein. Celui-ci arriva avec une bonne demi-heure de retard, ignorant sans doute que l'exactitude est, en Égypte comme ailleurs, la politesse des rois.
Il toisa Goha du haut de sa gigantesque taille.
Celui-ci était silencieux, montrant un visage impassible où rien ne venait trahir une quelconque émotion, le moindre sentiment de peur ou de crainte.

Les deux hommes se faisaient face. Autour d'eux, tous les habitants de la palmeraie restaient immobiles, figés comme des statues. Hassan Hassanein saisit son sabre et salua son adversaire suivant les règles. Puis ce fut au tour de Goha d'effectuer le salut au sabre. Il le fit. Il le fit avec une autorité incomparable, une telle aisance et une telle grâce que l'on vit – chose inouïe et incroyable – le grand Hassan Hassanein tomber à genoux, enfouir son visage dans la poussière.

– Pitié, maître ! murmura-t-il d'une voix tremblante. Épargne-moi ! Comment pouvais-je deviner que tu es un guerrier d'une envergure peu commune et que tu possèdes d'une façon si parfaite l'art du combat au sabre ? Pardonne mon ignorance et laisse-moi la vie sauve, par Allah le Très-Haut, sois miséricordieux et renonce à ce duel. Je resterai ton débiteur et ton esclave jusqu'à ma dernière heure.

On imagine aisément la stupéfaction des habitants de l'oasis. Nul doute, ce Goha à l'aspect si fragile était un guerrier accompli. Il devait posséder plus d'une botte secrète et Hassan Hassanein ne s'y était pas trompé.
Seuls le ferronnier et vous qui lisez cette histoire savez qu'une heure avant le duel, Goha ignorait tout du maniement du sabre.
Bien entendu, Goha, qui tenait à la vie, se montra magnanime et laissa Hassan Hassanein aller en paix.
Cette nuit-là, Goha dormit d'un sommeil agité de terribles cauchemars et, le matin, il avait le corps endolori de courbatures tant il avait eu peur. Car il était fait comme nous tous de plus de fragilité que de force, de plus de faiblesse que de courage.

Goha ne s'attarda pas dans l'oasis et, dès l'aube, il reprit sa route vers El Kahera. Il marcha d'un bon pas sans s'arrêter de toute la journée. Et le soir, il était en vue de Kalaa, une ville fortifiée qui subissait le joug du terrible tyran Mourad.

2

LE TYRAN PIÉGÉ

Mourad était un despote qui, comme tous les despotes, s'ennuyait souvent et ne savait plus quel caprice, quelle cruauté inventer pour se divertir et tromper sa mélancolie.

Ce jour-là, il avait imaginé d'interdire l'entrée de sa ville et avait ordonné à ses gardes d'exiger de chaque voyageur qu'il prononce une phrase incontestable, une affirmation juste en tout point, et de le décapiter si celle-ci pouvait être contredite.

Ce fut un jour noir, un vrai carnage.

Pas un seul homme ni une seule femme souhaitant séjourner à Kalaa ne sortit indemne de cette aventure.

Derrière les meurtrières, Mourad regardait avec délectation les voyageurs s'empêtrer dans leurs phrases, puis il assistait, au comble du ravissement, à leur immédiate exécution.

Goha se présenta à son tour aux portes de la citadelle. Le soir tombait et on entendait à travers les murs épais les gémissements des habitants de Kalaa qui pleuraient les voyageurs assassinés par leur maître. Lorsque Goha comprit de quoi il retournait, c'était déjà trop tard : deux gardes l'encadraient et le sommaient d'exprimer une pensée que rien ne pouvait démentir. Il marqua un long temps avant de répondre.

– J'aurai la tête coupée, prononça-t-il enfin à haute et intelligible voix.

Les gardes n'en revenaient pas et le tyran Mourad non plus. Il était piégé. S'il faisait décapiter Goha, il lui donnait raison ; c'était alors

la preuve que son affirmation était juste et que, par conséquent, il devait avoir la vie sauve. Il fulminait de dépit et c'est à contrecœur qu'il le laissa entrer. Mais il ne le tint pas quitte pour autant. Goha était le centième voyageur tombé entre ses griffes despotiques ; quatre-vingt-dix-neuf avaient déjà péri et le tyran Mourad aimait les chiffres ronds.

– Tu pourras passer la nuit à Kalaa, ô homme rusé à nul autre pareil, car Mourad n'a qu'une parole, dit le despote, mais si tu souhaites quitter la ville et poursuivre ta route, il te faudra résoudre une énigme que je te soumettrai ce soir après le souper. Sinon… tu connaîtras le gibet comme tous les autres.

Le soir même, alors que les lumières de la ville de Kalaa s'éteignaient les unes après les autres et que l'on entendait autour des murailles, dans le silence de la nuit, hurler les chacals affamés, Goha se présenta au palais du tyran.
Celui-ci le reçut dans ses appartements privés. Il était affalé sur des coussins de fin brocart et d'or et fumait voluptueusement son narguilé. Il avait de toute évidence mangé et bu plus que de raison, car il avait le teint rouge, le regard vague et il émettait, à de courts intervalles, des rots bruyants et prolongés, à donner la nausée. Sur les sofas de velours disposés le long des murs étaient assis ses plus proches courtisans. Mourad fit signe à Goha de s'approcher et de s'installer sur un tabouret, en face de lui. Puis il se redressa péniblement sur ses coussins, aspira une longue bouffée de son narguilé et suivit, les yeux mi-clos, les volutes de fumée. Tout le monde se taisait.

– Écoute, Goha aux mille ruses, prononça-t-il, écoute bien la triste histoire de Leila de Louxor. Ne laisse aucun détail t'échapper, car tu devras, au terme du conte, répondre à une question dont dépendra ta vie.
« Cela se passait donc dans le sud profond de notre pays, dans l'antique village au bord du grand Nil. De Louxor à Assouan, au bout de l'Égypte, tout le monde s'accordait à dire que Leila était la plus belle fille de la région. Le jour de ses seize ans, son père, qui était pauvre et ne pouvait la doter, la maria à un joaillier réputé pour sa richesse et aussi pour sa cruauté. »

Au mot "cruauté", le despote Mourad fit une légère pause et un sourire de plaisir illumina son visage. Sur les sofas de velours, les courtisans ébauchèrent aussi un vilain rictus.

Puis le tyran reprit :

– « Auprès de son mari, Leila connut, comme on pouvait s'y attendre, une vie confortable mais malheureuse : enfermée dans la vaste demeure conjugale avec la stricte interdiction d'en sortir, toujours seule et souvent battue. Ses seuls moments de douceur, elle les prenait lors de sa promenade quotidienne dans son jardin.

Un jour qu'elle admirait et soignait ses roses, elle croisa le nouveau jardinier, ce fut un éblouissement.

Il était jeune, il était beau et Leila sentit pour la première fois de sa vie son cœur s'emballer et ses yeux s'éclairer de la flamme de l'amour. La beauté de Leila frappa aussi le jardinier, qui s'éprit d'elle comme elle de lui, au même instant et avec la même ardeur. Depuis cette minute, toutes les nuits, à peine son époux endormi, Leila trompait la vigilance de l'armée de serviteurs chargés de la surveiller. Elle se faufilait hors de la maison et courait retrouver son amoureux dans le jardin. »

Par Allah ! Il n'y a pas plus ingénieux qu'une femme, plus malin ni plus fourbe ! grinça Mourad entre ses dents.

Sur les sofas, les courtisans hochèrent la tête d'un air de désapprobation.

– « Ainsi, nuit après nuit, hiver comme été, pendant toute une année, Leila et le jardinier se retrouvaient dans la roseraie et y restaient ensemble jusqu'aux premières lueurs de l'aube.

Quant au mari, il continuait à traiter sa femme comme il l'avait toujours fait, avec dureté et méchanceté, et l'existence de Leila était devenue un véritable enfer le jour et un doux paradis la nuit. Or il advint qu'un soir où le joaillier s'était montré particulièrement brutal, Leila décida de s'enfuir et de mettre fin à cette vie insupportable.
Elle s'enroula dans sa melaya, son grand voile en crépon noir, y enfouit totalement son visage et se rendit au bord du Nil.
Elle s'approcha de l'embarcadère ; le jardinier habitait sur la rive ouest du fleuve et il fallait emprunter un bac pour la rejoindre.
Sur le bac, Leila put enfin respirer. La lune était pleine et reflétait son disque d'argent sur l'eau noire comme jais, les felouques glissaient silencieusement sur le Nil et les eucalyptus exhalaient un parfum étourdissant. La liberté était au bout de la traversée ! »
Ainsi le pensait-elle, croassa le despote Mourad en se frottant les mains.

« Leila pleura longtemps dans les bras du jardinier, elle le supplia de la garder auprès de lui et de s'enfuir avec elle. Il refusa, au nom de la raison : le joaillier était un homme puissant, allégua-t-il, il aurait tôt fait de les retrouver et – cela est sûr – de les mettre à mort. Il poussa doucement Leila vers la porte et lui demanda de rentrer chez elle comme si de rien n'était.
"Il y aura des jours meilleurs, mon aimée, lui susurra-t-il à l'oreille. Allah est grand et ses desseins n'appartiennent qu'à lui.
Prends patience. Qui peut savoir ce que l'avenir nous réserve ?"

Le jardinier referma la porte, éteignit la lumière et alla se coucher ; Leila se retrouva seule dans la nuit de Louxor. »
Ô lâcheté des hommes, ô vile humanité ! grogna le tyran Mourad.
Les courtisans, sur leurs sofas de velours, émirent à l'unisson un vague grognement.

– « Déçue et désemparée, Leila se dirigea en titubant vers l'embarcadère. L'heure du dernier bac était passée depuis longtemps. La rive était déserte. Elle aperçut la maisonnette du passeur. Elle frappa de toutes ses forces à la porte.
L'homme dormait déjà et lui ouvrit en bougonnant.
Leila l'implora de lui venir en aide et de lui faire traverser le fleuve.
Elle lui offrit de l'argent et la totalité des bijoux qu'elle portait.
Mais il refusa, tant il aimait dormir et répugnait à la tâche.
Le passeur de Louxor était plus paresseux que vénal.
"Avant l'heure, c'est pas l'heure, et après l'heure, c'est plus l'heure, lui lança-t-il en lui claquant la porte au nez."
Leila était transie de peur.
On la comprend, ajouta le tyran Mourad dans un ricanement, car sur la rive ouest du Nil sévissait alors un brigand qui détroussait les voyageurs après les avoir assassinés.
On l'appelait "Long couteau", car il les égorgeait sans autre forme de procès. Tout le monde savait le danger qu'il y avait à s'attarder seul sur cette rive après le coucher du soleil. Et Leila ne l'ignorait pas.
Enroulée dans sa melaya noire, elle se coucha en boule sur l'embarcadère. De fatigue et d'émotion, elle s'endormit.

On aurait pu croire que c'était un ballot de linge oublié par quelque femme de Louxor.

Mais "Long couteau", qui rôdait par là, ne s'y trompa pas.

Il aperçut un anneau d'argent qui brillait entre les voiles.

C'était le bracelet de pied de la jeune femme qui s'était un peu découverte dans son sommeil.

Alors, il s'approcha doucement et poignarda sa victime comme il savait le faire. »

Clac ! D'un coup sec, précisa le tyran Mourad en faisant claquer ses doigts.

Les courtisans se trémoussèrent sur leurs sofas et portèrent leur main à leur cou comme pour s'assurer qu'il était toujours là.

Mourad se vautra à nouveau au creux de ses coussins et but d'une traite une grande carafe d'eau parfumée à la fleur d'oranger. L'histoire était terminée. Goha, lui, n'avait pas bougé de son tabouret et attendait la suite sans broncher.

– Alors, Goha aux mille ruses, dis-moi donc, toi qui sais tout, qui est le coupable de cette histoire, quel est celui qui a tué la belle Leila ? Vous autres, jeta Mourad à l'adresse de ses courtisans, vous pouvez l'aider si vous le souhaitez.

Et il éclata d'un rire terrible.

– C'est le mari, risqua un homme. Par sa cruauté et ses mauvais traitements, il a contraint Leila à la fuite. C'est lui la cause de sa mort.

– Non, non, s'enhardit un autre, c'est le jardinier qui a refusé de lui donner asile malgré l'amour qui les liait. C'est sa faiblesse et sa lâcheté qui sont responsables de la mort de Leila.

– Ou plutôt le passeur, s'écria un troisième, à cause de son impardonnable paresse, c'est lui qu'il faut condamner et lui seul !

– Pourquoi ces trois hommes seraient-ils coupables de la mort de cette femme ? dit un barbu au regard cinglant. La responsable de sa mort, c'est Leila elle-même. C'est elle qui a tissé son destin en choisissant de vivre un amour illicite. Cette mort, c'est le juste jugement d'Allah, ajouta-t-il en levant vers le ciel un doigt vengeur.

Sur les sofas, les courtisans, au comble de l'excitation, s'animaient. L'histoire de Leila enflammait les passions.

La chambre du tyran Mourad était devenue une volière piaillante et caquetante. Le despote leva la main pour réclamer le silence. Tous se turent immédiatement.

– Alors, Goha le fou, Goha le sage, quelle réponse choisis-tu ? demanda-t-il en le fixant droit dans les yeux.

Sans quitter le regard de Mourad, Goha dit posément :
– L'assassin.
Un murmure interrogatif accueillit cette réponse.
– "Long couteau", l'assassin lui-même, précisa Goha. C'est lui le coupable, puisque c'est à lui qu'appartient la main qui a tué. L'assassin, c'est l'assassin.
Le sourire sarcastique avait disparu du visage du tyran Mourad, car telle était évidemment la bonne réponse.
« Ce Goha est Satan en personne », songea-t-il. Mieux valait qu'il quittât Kalaa au plus vite, car sa redoutable perspicacité pouvait devenir un danger pour son pouvoir despotique et sans doute aussi pour sa personne elle-même. Il le fit donc conduire sur-le-champ aux murs de la citadelle. Les grandes portes de bois s'ouvrirent devant lui et Goha partit sans demander son reste, sans se retourner.

Goha arriva enfin aux abords de El Kahera. Il aperçut les trois pyramides de Gizeh qu'il rêvait de voir depuis qu'il était petit. Elles ne le déçurent pas tant elles étaient imposantes et parfaites de forme et de proportions.
« Une merveille d'entre les merveilles du monde », songea-t-il avec ravissement.
Il décida de passer la nuit dans le village de Haraneya d'où il pourrait, en levant simplement la tête, contempler à tout moment ses chères pyramides se découper sur le ciel d'Égypte. Il ne savait pas que ce paisible village lui réservait bien des surprises et des aventures inouïes.

3

LE VOLEUR ET LE MANTEAU

Haraneya était construit sur un bras du Nil. Tout le long de la rive séchaient de grands écheveaux de laine aux couleurs ineffables. Cela formait de longues rigoles jusqu'au fleuve qui se teintait magnifiquement : on aurait dit un tableau vivant roulant au fil de l'eau.

Les tapisseries de ce village de tisserands étaient réputées dans le monde entier. De Bagdad à Alep, d'Amman à Tanger et même, assure-t-on, à Paris et à Londres, elles occupaient – et occupent encore – la place d'honneur dans les salons de riches collectionneurs. Le village était charmant avec ses maisons en boue et en bois, ses petits patios, ses jardins et ses champs qui sentaient bon le foul, la fève verte dont les Égyptiens raffolent pour leur petit déjeuner.

Les habitants de Haraneya s'avérèrent d'une exquise hospitalité. Ils étaient un peu fantasques, un peu fous et ils ouvrirent grandes leurs portes à l'étranger ; c'étaient des artistes.
Un tisserand offrit à Goha un dîner où il se délecta de cailles grillées, de pain au sésame et à l'huile d'olive, de lait de brebis et de gâteaux aux dattes. Puis il lui prépara un lit en peau de gazelle dans le coin de sa maison où il faisait sécher sa réserve de graines de sésame.
– Je te les confie, Goha, garde-les bien, car c'est tout ce que je possède.
C'était la pleine lune et Goha, avant de s'endormir, s'amusa à suivre le jeu de l'ombre et de la lumière des rayons de lune sur le tas de sésame.

Au milieu de la nuit, notre ami, qui avait l'ouïe fine, fut réveillé par un léger bruit de frottement d'étoffe.
Il ouvrit les yeux en prenant garde à ne pas bouger et aperçut un homme qui se faufilait à l'intérieur de la maison par la lucarne. L'homme était nu-pieds et agile comme un singe. Goha le vit traverser le logis en silence, l'inspectant de fond en comble. À coup sûr, un voleur en quête de butin. L'hôte de Goha était modeste, on l'a dit, et l'homme ne trouva rien à dérober. Goha suivait des yeux les allées et venues du voleur sans pour autant se lever ni donner l'alarme. C'était un comportement pour le moins inattendu, mais rien, chez Goha, ne saurait vraiment nous surprendre.

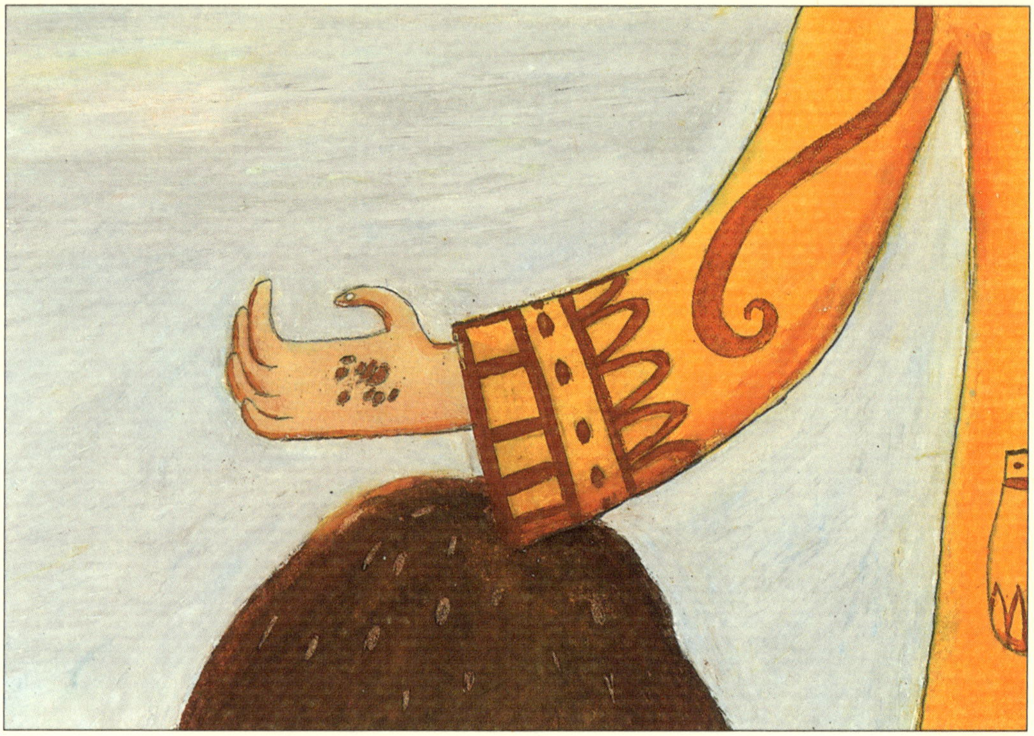

Il le laissa même s'approcher de sa couche sans mot dire et fit mine de dormir. L'homme découvrit la réserve de sésame au pied du lit, et Goha, les yeux mi-clos, vit son visage s'éclairer : il avait enfin trouvé son trophée.
Il se pencha sur le tas de graines et en saisit une poignée pour s'assurer de leur qualité.
Et pendant ce temps, Goha faisait toujours le mort !
Puis le voleur enleva son manteau, l'étendit par terre et entreprit d'y transvaser le tas de sésame.

Et c'est lorsqu'il eut terminé sa tâche, et alors seulement, que Goha jaillit de sa couche comme un diable de sa boîte, lui causant une telle frayeur que le voleur s'enfuit à corps perdu à travers champs.

Goha déversa alors avec précaution les graines sur le plancher. Il les ôta toutes du manteau jusqu'à la dernière et reconstitua le petit monticule qu'on lui avait confié. Puis il admira le manteau que le voleur avait abandonné ; il était en fin coton avec de larges manches superbement brodées. Un vêtement de prince, sans doute dérobé à quelque riche propriétaire de la région. Goha souriait aux anges en rangeant le manteau dans son balluchon.
Il souriait encore dans son sommeil lorsque son hôte vint le réveiller, au petit matin, pour aller voir les rayons du soleil éclairer doucement la grande pyramide de Gizeh.

4

LE DJINN DE LA JARRE

L'épisode qui se déroula ensuite au village de Haraneya semble tellement incroyable que l'on pourrait penser qu'il était le fruit de l'imagination de Goha. Il existe pourtant sur cette affaire certains indices qui en prouveraient la véracité.

Cette histoire est si extraordinaire que nombre de conteurs arabes l'ont accaparée, l'attribuant à d'autres héros de légende.

Mais les biographes de Goha, qui sont des gens sérieux, restent formels : l'histoire du djinn de la jarre a bien eu lieu au bord du Nil, à Haraneya, en ces temps anciens que nous relatons ici, et ils certifient que c'est là une des plus belles aventures de Goha.

Revenons sur la terrasse de la maison du tisserand et à Goha, en train de déguster son café à la cardamome alors que le soleil commençait à poindre derrière les dunes de sable fin.

Il était, on l'imagine bien, de fort bonne humeur après le tour qu'il avait joué la nuit précédente au voleur de sésame.
Il conversait agréablement avec son hôte, à qui il vint une idée : il existait, à moins d'une heure de marche du village, un lac très prisé pour ses poissons à la chair tendre dont raffolaient les citadins de la grande Kahera. Le tisserand suggéra à Goha d'y tenter sa chance. Si la pêche s'avérait bonne, il pourrait en vendre le produit au marché de la capitale et en tirer une somme substantielle. Goha acquiesça avec délice ; cette terre d'Égypte était bénie des dieux et lui était on ne peut plus bénéfique.
– Avant de te laisser partir, ajouta le tisserand, il faut que je te mette en garde, mon ami : la coutume veut que les pêcheurs de ce lac ne jettent leurs filets que trois fois par jour. On raconte que ceux qui n'auraient pas observé cette règle ne seraient jamais revenus.
Puis le tisserand, qui était décidément un hôte parfait, proposa à Goha de lui prêter ses filets et lui indiqua la direction de ce lac mystérieux.

Goha traversa les champs de foul, les palmeraies et les villages flanqués entre le Nil et le désert.
Il était heureux et ne doutait pas un seul instant que la chance continuerait à lui sourire. Il rêvait déjà au plein panier de poissons argentés qu'il porterait sur ses épaules jusqu'à El Kahera et faisait mille projets avec le bénéfice que sa pêche ne manquerait pas de lui rapporter.

Une heure plus tard, très exactement comme le lui avait dit le tisserand, au brusque détour d'un champ, il vit s'étendre devant lui un lac bleu turquoise qui brillait pareil à une pierre précieuse entre les collines désertiques.
À la vue de ce tableau étrange et magnifique, Goha éprouva tout à la fois une joie indicible et un sentiment de crainte qu'il ne pouvait expliquer. C'était comme un sortilège.

Sur la grève, reposait une barque, là, sans amarres. On aurait dit qu'elle attendait Goha ; si bien qu'il y monta et rama jusqu'au milieu de l'eau.
À cet endroit, le lac était si profond que l'eau en devenait noire et opaque. Et Goha prit peur lorsqu'il regarda autour de lui.

– Au nom d'Allah le Bienfaiteur, le Miséricordieux, murmura-t-il en lançant ses filets pour la première fois.
Puis il attendit, scrutant la surface du lac où ne tarderaient pas à affluer des dizaines de poissons. De cela, il était certain, mais rien ne vint : la surface de l'eau demeurait plane et sans ride.
Il attendit encore puis tira ses filets. Ils ne lui semblèrent pas plus lourds qu'auparavant. Ils étaient vides.
Goha ne se découragea pas pour autant. Ce n'était là qu'une entrée en matière.
« La première fois, ça ne compte pas vraiment », se consola-t-il.
– Allah est grand ! s'écria Goha de tout son cœur en jetant à nouveau ses filets.
Il eut beau attendre et retenir son souffle afin de ne pas effaroucher sa proie, il n'eut pas plus de chance que la première fois. Pas un seul poisson ne vint se prendre dans ses mailles.
Goha avait le cœur un peu lourd et il commençait à douter de la bienveillance du destin, mais c'était un optimiste dans l'âme ; il rassembla ses forces et projeta ses filets le plus loin qu'il put.

Et il attendit encore. Cette fois-ci, il sentit s'appesantir ses filets et il dut s'arrimer fermement à sa barque pour ne pas être entraîné au fond de l'eau. Goha tressaillit de joie. La voilà enfin, la pêche miraculeuse que son ami le tisserand lui avait promise !
Il tira longtemps sur ses filets et finit par les hisser jusqu'à la barque. Il reprit son souffle un instant puis entreprit fébrilement de les ouvrir.

Lorsque ce fut fait, quelle ne fut sa surprise de découvrir, à la place des poissons tant désirés, une petite jarre de cuivre qui étincelait au soleil comme une pièce d'or ! Déçu, Goha l'était, ô combien, mais il était aussi terriblement intrigué par cet objet que ses deux mains pouvaient tenir et qui pesait plus lourd qu'un homme jeune et bien portant.
« À défaut de pêche, songea Goha, je pourrai peut-être vendre cette jarre au marché et en tirer de quoi faire quelques bons dîners à El Kahera. »
La jarre était fermée par un couvercle, de cuivre également, qu'il ouvrit avec un peu de peine. Il pencha l'ouverture contre le fond de la barque, mais rien n'en sortit. Goha était au comble de l'étonnement.

C'est alors que le prodige eut lieu : une fumée blanche et violette s'échappa du vase et envahit peu à peu tout l'espace autour de l'embarcation, qui commença à tanguer dangereusement. Cela prit une forme gigantesque et terrifiante, tenant à la fois de l'homme et de la bête. C'était un djinn assurément, un de ces démons qui hantent nos contes favoris et que peu d'entre nous ont eu l'occasion de rencontrer.
– Je suis le djinn de la jarre, gronda le monstre. Tu m'as sauvé, pêcheur, et je vais te tuer ! Choisis maintenant de quelle façon tu veux mourir, car ta dernière heure est arrivée.

Goha était paralysé par la peur. Ce djinn était bien plus effrayant que le terrible Hassan Hassanein et que le tyran Mourad réunis, et cette mésaventure dépassait son entendement.

– Vénérable djinn, bredouilla-t-il, pourquoi veux-tu me tuer puisque tu viens de m'appeler ton sauveur ? Explique-toi, ô démon de la jarre, pour que je comprenne au moins la raison de mon malheur.

La forme terrible se plia en guise d'acquiescement et le lac s'agita de vagues gigantesques.

– Apprends, pêcheur, que je suis le fils du roi des djinns d'Égypte et de Syrie. Un redoutable rival, un djinn venu d'Irak qui briguait la succession de mon père, réussit à m'enfermer dans cette jarre et à me faire disparaître au fond de ce lac. C'était il y a quatre millénaires de cela.

Au cours du premier millénaire, je me suis juré de devenir l'esclave de celui qui me libérerait de ma prison de cuivre.

Personne ne vint.

Au cours du deuxième millénaire, je fis le vœu de combler de richesses le pêcheur qui, me prenant dans ses filets, me sortirait du fond de ce lac maudit. J'attendis ainsi en vain, car nul filet ne fut jeté à l'endroit où je me trouvais.
Au cours du troisième millénaire, ma patience était bien usée et ma colère déjà grande. Je résolus alors, si le sort m'était propice, de laisser partir en paix mon éventuel libérateur sans rien lui offrir des richesses terrestres que mon pouvoir pouvait lui procurer.
Et comme tu le devines, pêcheur, je demeurai tout ce millénaire prisonnier du métal et de l'eau.
Le quatrième millénaire commença, et ma rage était telle que je jurai de mettre à mort celui qui aurait le malheur de me sauver de ce sort abject. Cette rage était devenue ma seule et unique raison de vivre.

Voilà, pêcheur, mon histoire et voilà pourquoi, dans un instant, je te tuerai sans remords ni regrets et avec le plus grand plaisir. Je te laisse, si tu le souhaites, le choix de ta mort. Allons... parle... je ne peux plus attendre, rugit le monstre.
– Pitié, ô prince des djinns, pleurait Goha, laisse-moi partir, j'aime tant la vie ; par Allah, si tu savais combien je l'aime... le goût des fruits surtout, et le parfum des fleurs. Et puis le chant des hirondelles. Et le soleil au-dessus de la pyramide ce matin, c'était si beau...

Le djinn restait intraitable. Il se contorsionna dans les nues au comble de l'excitation et de la fureur. Goha fixa alors la forme monstrueuse qui couvrait le lac et les rivages à l'entour. Il n'avait plus rien à perdre et décida de risquer le tout pour le tout.
– Avant de mourir, puisque le destin en a décidé ainsi, j'ai une petite requête à te présenter, ô djinn d'Égypte et de Syrie : je ne parviens pas à croire que toi, si grand et si fort, aies pu sortir d'un vase de si petite taille. Pourrais-tu le jurer, ô djinn, car je ne peux croire à un tel prodige. Peut-être toute ton histoire est-elle un immense mensonge et n'as-tu jamais été enfermé au fond de ce lac.
– Comment oses-tu mettre ma parole en doute, misérable humain ? rugit le monstre. Je vais te prouver sur-le-champ que j'ai dit vrai, puis je te tuerai sans attendre une seconde de plus.
Aussitôt dit, aussitôt fait. L'immense forme se mit alors à rétrécir jusqu'à devenir un mince filet de fumée blanche et violette qui réintégra en moins d'une minute le petit vase de cuivre.

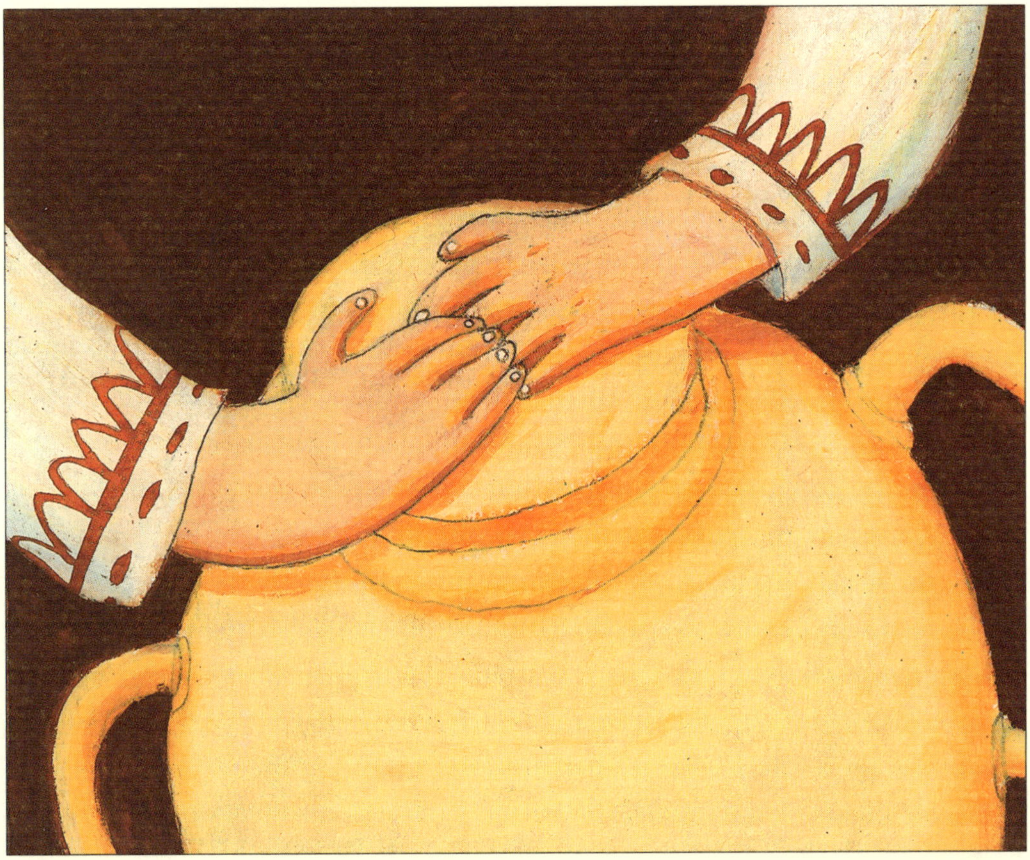

Goha se précipita sur le couvercle et appuya de toutes ses forces sur la jarre. Le djinn était à nouveau prisonnier.
Ce fut à son tour de supplier, d'implorer qu'on lui rende sa liberté et qu'on ne le laisse pas moisir dans sa prison pendant encore quelques millénaires, et peut-être l'éternité.
Il jura à Goha de le combler de richesses, de faire de lui l'homme le plus puissant d'Égypte, de Syrie et de toute l'Arabie.
Il jura qu'il resterait à son service jusqu'à la dernière heure de sa vie, le protégeant contre la méchanceté des hommes et le pouvoir maléfique des djinns.

Face à de telles promesses, tout autre que Goha aurait sans doute cédé. Mais lui aimait vraiment plus que tout le goût des fruits, le chant des hirondelles et la lumière du soleil sur la grande pyramide de Gizeh. Et pour cela, il n'avait nul besoin de pouvoir magique.
Et puis, dans cette sagesse que nous lui connaissons maintenant, Goha se disait que mieux valait la solitude et même la pauvreté à un compagon aussi terrifiant et redoutable.
Maintenant, le djinn vociférait tant et plus au fond de son vase, menaçant Goha de mille morts si leurs routes venaient un jour à se croiser. Goha resta sourd à ses menaces comme il l'avait été à ses promesses.

Goha jeta le vase dans le lac d'où il n'aurait jamais dû le sortir, puis il rama doucement jusqu'au rivage.
Avec la barque, il fit un grand feu, confectionna un écriteau sur lequel il inscrivit « Pêche interdite sous peine de mort » et le planta dans le sable. Il s'y trouve encore.
Puis il reprit sa route pour El Kahera ; il venait de franchir sa dernière étape.

5

LA MANCHE DU MANTEAU

La capitale aux mille minarets plut à Goha au-delà de toute espérance. Il y aima tout : depuis les souks jusqu'aux cafés de la corniche des bords du Nil, depuis les palais en marbre jusqu'aux petites ruelles si vivantes des faubourgs. Il aima surtout les habitants de El Kahera, bruyants, facétieux et bons vivants. Les rues semblaient chanter tant il y avait de marchands ambulants qui y poussaient leur cri. Il parcourut la ville, s'arrêtant de temps à autre pour boire à même l'outre du porteur d'eau, du thé glacé ou du jus de réglisse un peu amer. La nuit surprit Goha dans un quartier bourgeois de la cité. À quelques pas de lui, il vit une grande demeure richement éclairée. La porte en était grande ouverte et les badauds s'y attardaient en nombre.

Goha s'y dirigea aussi et apprit que le propriétaire recevait des médecins venus des quatre coins du pays pour tenter de guérir sa fille. Celle-ci avait avalé par mégarde une arête de poisson qui était restée coincée dans sa gorge. Depuis, elle respirait de plus en plus difficilement et risquait de mourir d'étouffement si l'on ne parvenait pas à la lui retirer. Jusqu'ici, aucune sommité de la médecine n'avait réussi à le faire.
Ce soir-là, le père avait décidé d'ouvrir sa maison à tout médecin susceptible de sauver sa fille. Il avait fait préparer un souper qui promettait d'être délicieux si l'on en jugeait par les effluves qui s'échappaient des cuisines.

Goha avait étudié la médecine des plantes auprès d'un sage marocain. Il se présenta donc à la porte de la demeure. Lorsque le gardien le vit, pauvrement habillé dans sa vieille djellaba, il se dit qu'un homme d'aspect si miteux ne pouvait en aucun cas prétendre à quelque connaissance médicale. Il lui refusa donc l'entrée et le lui signifia avec brutalité.

Goha se mit alors un peu à l'écart, et, à l'abri d'un porche voisin, ouvrit son balluchon et en retira le manteau du voleur de sésame de Haraneya. Il s'en vêtit et se posta à nouveau devant le gardien.

Celui-ci ne le reconnut même pas et lui ouvrit la porte, non sans s'être respectueusement incliné devant lui.
Goha s'attabla avec les autres convives. La jeune malade était allongée dans un coin de la salle, pâle et respirant avec peine.
Tout en s'empiffrant de pâtés et de viande rôtie, les médecins se concertaient à grand renfort de mots savants. Goha se fit servir de la soupe de lentilles et se mit à manger en fermant les yeux de plaisir tant elle était chaude et parfumée.
Une manche de son manteau trempa dans le potage sans qu'il s'en aperçoive et son voisin le lui fit discrètement remarquer.
Au lieu de retirer sa manche, Goha la laissa dans son assiette et dit :
– Mange, ma manche, mange, ma belle, car dans cette demeure, on te manifeste plus de respect et de considération qu'à moi-même.

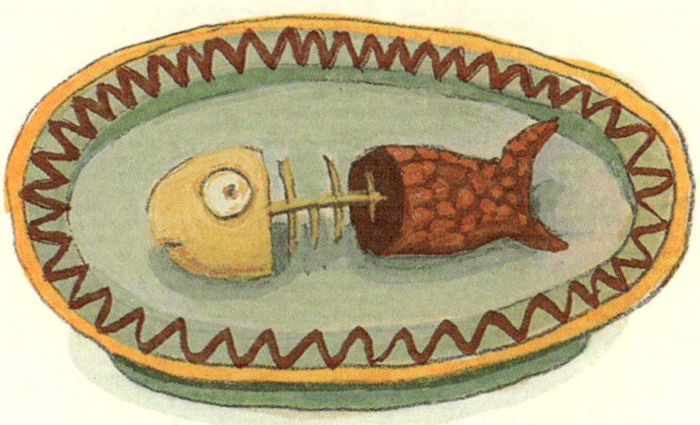

Autour de la table, les médecins s'arrêtèrent de parler et de boire, et la jeune fille tendit l'oreille sur sa couche. Lorsqu'elle entendit les explications que donna Goha et l'accueil que lui avait réservé le gardien, elle fut prise d'un tel fou rire, qu'elle en cracha violemment l'arête de poisson qui obstruait sa gorge.

Elle était guérie sans que Goha eût besoin de recourir à la science des plantes que lui avait transmise un vieux médecin du sud de l'Égypte.

On imagine de combien de bienfaits le père de la jeune fille combla notre ami. Il put poursuivre son séjour à El Kahera en homme presque riche. Il y connut bien des péripéties, aussi extraordinaires que celles que nous venons de conter.
Mais cela est une autre histoire.

Création de la collection :
Studio de création
de Repères Communication

Réalisation :
Atelier graphique d'Actes Sud Junior

Reproduit et achevé d'imprimer
en août 2001
par l'imprimerie Clerc à Saint-Amand-Montrond
pour le compte des éditions
ACTES SUD
Le Méjan
Place Nina-Berberova
13200 Arles

Dépôt légal
1re édition : septembre 2001
N° impr. 7666
(Imprimé en France)